Textes de Robert Munsch, Allen Morgan et Andrea W.-von Königslöw
Illustrations de Michael Martchenko

DRÔLES D'HISTOIRES

12 histoires amusantes et farfelues

la courte échelle

Les éditions de la courte échelle inc.
5243, boul. Saint-Laurent
Montréal (Québec) H2T 1S4
www.courteechelle.com

Traduction française: Raymonde Longval (*) et André Bourbonnière (**)

Conception graphique de la couverture: Elastik

Conception graphique de l'intérieur: Derome design inc.

Dépôt légal, 4e trimestre 2006
Bibliothèque nationale du Québec

La courte échelle reconnaît l'aide financière du gouvernement du Canada par l'entremise du Programme d'aide au développement de l'industrie de l'édition pour ses activités d'édition. La courte échelle est aussi inscrite au programme de subvention globale du Conseil des Arts du Canada et reçoit l'appui du gouvernement du Québec par l'intermédiaire de la SODEC.

La courte échelle bénéficie également du Programme de crédit d'impôt pour l'édition de livres — Gestion SODEC — du gouvernement du Québec.

Catalogage avant publication de Bibliothèque et Archives Canada

Von Königslöw, Andrea Wayne

Drôles d'histoires

Traduit de l'anglais.

Recueil de 12 oeuvres publ. antérieurement séparément.

Sommaire: Le camion ; Tiens-toi bien Mathieu! ; En avant, pirates! ; Le plombier ; Du courage, Mathieu! ; Cours vite, Mathieu! ; Au feu, Mathieu! ; Compte tes sous Mathieu! / Allen Morgan — Le papa de David ; Le métro ; Où es-tu Catherine? / Robert Munsch — Les grenouilles / Andrea W. Von Königslöw.

Pour enfants de 3 à 5 ans.

ISBN 2-89021-872-4

1. Histoires pour enfants canadiennes-anglaises - Traductions françaises. 2. Récits humoristiques. I. Munsch, Robert N. II. Morgan, Allen. III. Martchenko, Michael. IV. Longval, Raymonde. V. Bourbonnière, André. VI. Titre.

PS8329.V66 2006   jC813'.5408   C2006-940895-5
PS9329.V66 2006

Imprimé en Inde

LE CAMION

Un soir, en attendant son repas, Mathieu s'amuse à accrocher des voitures à sa dépanneuse. Mais ce petit jeu lui creuse l'appétit. «Si on allait au magasin chercher de la réglisse rouge», dit-il.
«Désolée, Mathieu, répond sa maman. Tu as mangé suffisamment de bonbons.»

Après le repas, Mathieu s'aperçoit qu'une de ses camionnettes a disparu. «Je suis certain qu'elle est perdue pour toujours», dit Mathieu pendant que sa maman le met au lit. «Ne t'inquiète pas, répond sa maman en l'embrassant. Tu la retrouveras sûrement.» Mais Mathieu s'endort, un peu triste.
Peu après minuit, Mathieu est réveillé par une lumière rouge qui clignote à sa fenêtre. Il aperçoit une grosse dépanneuse noire stationnée devant chez lui. Le conducteur essaie d'accrocher une voiture à la dépanneuse.

Le conducteur de la
dépanneuse est sur le point
d'abandonner lorsqu'il
aperçoit Mathieu.
«Hé! mon gars, crie-t-il
avec un grand sourire.
J'aurais besoin d'aide pour
accrocher cette fichue
voiture. Viens donc me
donner un coup de main.»
Mathieu met ses bottes et
son manteau, descend
doucement l'escalier pour
ne pas réveiller sa maman
et sort de la maison.
«Salut mon gars! dit le
conducteur. Je suis content
que tu sois là. À nous deux
on arrivera peut-être à
quelque chose. Attrape le
crochet.»
Mathieu prend le crochet
et l'accroche solidement au
pare-chocs pendant que le
conducteur soulève la voiture.
En moins d'une minute,
le travail est terminé.

«Pas mal du tout mon gars!
C'est du bon travail! Veux-tu
m'aider encore un peu
cette nuit?»
Mathieu n'hésite pas une
seconde et monte aux côtés
du conducteur. Ils partent
à travers la ville. Après
plusieurs remorquages,
Mathieu et son nouvel ami
commencent à avoir faim.
«Si on s'arrêtait un peu pour
manger quelque chose?»
suggère le conducteur
de la dépanneuse.

Ils s'arrêtent dans un
stationnement. Le conducteur
ouvre sa boîte à lunch.
Elle est pleine de réglisse
rouge.
«Sers-toi mon gars, prends
tout ce que tu veux.
La réglisse rouge c'est bon,
ça donne de gros muscles.»
«Que fais-tu de toutes les
voitures que tu remorques?»
demande Mathieu en
savourant sa réglisse.
«Je les collectionne, répond
le conducteur de la
dépanneuse. J'essaie d'en
avoir une de chaque sorte.
Lorsque j'en ai deux
identiques, j'en échange
une avec un copain.»

Au même moment, une
autre dépanneuse entre
dans le stationnement
et s'arrête.
«Hé! c'est une belle
camionnette que tu
transportes là, crie le
conducteur. Que veux-tu
en échange?»
«Tu n'aurais pas une jeep?»
demande le conducteur de
la dépanneuse.
«Une jeep! Mais j'en ai
plusieurs.»
«Très bien. Viens me voir
demain et nous pourrons
faire l'échange.»
«J'y serai» promet l'autre
conducteur en démarrant.

Une fois qu'ils ont avalé la
réglisse rouge, le conducteur
de la dépanneuse se rend
à un lave-autos. Avec
Mathieu, il décroche les
voitures et les pousse à
l'intérieur. Il ouvre ensuite
une petite porte secrète et
appuie sur un bouton rouge.
«Que fais-tu?» demande
Mathieu.
«Ouvre grands les yeux»
répond le conducteur.
Au même moment,
le lave-autos se met en
marche. Un savon spécial
sort d'un tuyau mystérieux
et recouvre les voitures.
Incroyable! Lorsque les
voitures ressortent à l'autre
bout, elles ont tellement
rapetissé qu'on peut les
tenir dans la main.

«Dis donc mon gars?
demande le conducteur.
Tu m'as drôlement bien aidé
cette nuit. Que dirais-tu de
ramener une de ces voitures
à la maison?»
Mathieu, tout heureux, prend
une petite camionnette et la
met dans la poche de son
manteau.

Il fait presque jour lorsque
Mathieu arrive chez lui.
«J'y pense, dit-il soudain.
Ma maman a une voiture,
il ne faudrait pas que par
erreur tu la remorques.»
«Je ne ferais jamais cela!»
répond le conducteur de
la dépanneuse.
«Oui, mais tes amis?»
«Je les préviendrai, reprend
le conducteur. Tu n'as qu'à
mettre un bout de réglisse
rouge sous un des
essuie-glaces, et ils sauront
que c'est la voiture de ta
maman.»
Mathieu, rassuré, dit bonsoir
au conducteur, rentre
chez lui, retire ses bottes et
son manteau et se met au
lit. Il s'endort presque
aussitôt.

Vers six heures, Mathieu se
réveille et court voir si sa
camionnette est toujours dans
la poche de son manteau.
Elle y est.
«Maman, maman! crie-t-il
en montant l'escalier.
Regarde, j'ai retrouvé ma
camionnette.»
«Ta quoi?» demande sa
maman toute endormie.
«Ma camionnette! Elle était
dans la poche de mon
manteau. Tu ne devineras
jamais comment elle est
arrivée là.»

Mathieu a raison; jamais sa
maman n'aurait pu deviner
s'il ne lui avait pas raconté
toute l'histoire.
«Je vois que tu as été très
occupé la nuit dernière»
dit-elle.
«Oui, nous avons remorqué
beaucoup de voitures,
répond Mathieu. Mais ne
t'inquiète pas pour la
tienne. Le conducteur de
la dépanneuse verra à ce
que personne n'y touche.
Mais pour que ta voiture soit
bien en sécurité, j'ai besoin
de réglisse rouge.»
Et il lui explique ce qu'ils
doivent faire.
«Je crois que nous n'avons
pas le choix, dit sa maman.
Nous devons à tout prix
aller acheter de la réglisse
rouge.»
«Ça c'est certain!» répond
Mathieu en embrassant sa
maman très fort.

TIENS-TOI BIEN, MATHIEU!

Un soir, après le repas, Mathieu met ses lunettes de pilote et sort jouer avec son nouvel avion. Il vérifie la direction du vent, puis déploie les ailes de l'appareil. Il tire ensuite sur l'élastique du lanceur, ferme un oeil pour mieux viser et laisse l'avion s'envoler.

«Pilote à tour de contrôle. Libérez la piste, nous approchons» crie-t-il.

L'atterrissage se déroule plutôt mal. L'avion passe au-dessus de l'aéroport et s'immobilise au sommet d'un arbre.

«Tour de contrôle à pilote, tour de contrôle à pilote. C'est l'heure d'aller au lit» dit sa maman.

«Mais mon avion est coincé» se plaint Mathieu.

«Ne t'en fais pas, il descendra bien tout seul» répond sa maman.

Et ils entrent dans la maison.

Avant de se coucher, Mathieu sent qu'il a un petit creux. Il regarde sous son lit où sont cachés quelques vieux bonbons, un reste de maïs soufflé et un bout de pomme au caramel.

«Que fais-tu avec ça, Mathieu?» s'exclame la maman.

Mathieu a les mains tellement gluantes qu'elles collent aux draps. Il se rend alors à la salle de bain pour les laver et pour se brosser de nouveau les dents. Lorsqu'il revient dans sa chambre, sa maman regarde par la fenêtre.

«J'espère qu'on me livrera mes documents ce soir, dit-elle. J'ai du travail à terminer en fin de semaine.»

«Tes documents sont peut-être coincés quelque part, comme mon avion» suggère Mathieu.

«Ne t'inquiète pas. Le vent fera descendre ton avion» le rassure sa maman.

Elle lui souhaite une bonne nuit, l'embrasse et éteint la lumière. Mathieu ferme les yeux et écoute le murmure du vent.

Vers minuit, Mathieu s'éveille. Il entend le vent souffler dans les arbres. Il se lève et s'approche de la fenêtre. Son avion est toujours là, mais il n'est plus seul. Un autre avion, beaucoup plus gros, est lui aussi accroché aux branches.

Clop, clop, clop... Quelqu'un marche sur le toit. Mathieu sort la tête et jette un coup d'oeil. Un homme est debout sur la toiture.

«Est-ce votre avion?» questionne Mathieu.

«Oui, répond le pilote de minuit. Il faut se méfier du vent, ce soir. Il a fait dévier mon avion vers cet arbre. Il faut maintenant que je le sorte de là.»

«Est-ce que je peux vous aider?» demande Mathieu.

«Bien sûr!» lance le pilote.

Le pilote de minuit tend une corde entre la maison et l'arbre. Puis il attache Mathieu à une poulie et le fait glisser vers l'avion.

«Tiens-toi bien à la branche!» lui crie-t-il.

Le pilote grimpe ensuite jusqu'à la cheminée. Il y fixe un grand élastique qui servira à lancer l'avion dans le ciel.

«Voilà qui est excellent» dit le pilote d'un air satisfait.

Il s'accroche ensuite à la corde et rejoint Mathieu dans l'avion.

«Maintenant, allons-y!» déclare-t-il.

L'avion décolle et passe juste au-dessus du toit de Mathieu. Il s'élève très haut dans le ciel jusqu'à ce que la maison et la ville soient loin derrière.

«Où allons-nous?» demande Mathieu.

«Il y a un grand spectacle aérien, ce soir, répond le pilote. Tout le monde y sera.»

Soudainement, la radio crépite.

«Tour de contrôle à Courrier Un. Répondez, Courrier Un.»

«Courrier Un à tour de contrôle. Je vous reçois cinq sur cinq» dit le pilote.

«Compris, Courrier Un. Il y a un colis pour vous au centre-ville, niveau trente-deux. À vous.»

«Bien reçu, tour de contrôle. Nous le prendrons tout de suite après le spectacle. Terminé.»

Aussitôt, des centaines d'avions se joignent à eux.

«Que le spectacle commence!» s'exclame le pilote de minuit tout souriant.

Tandis que les avions survolent le terrain, les spectateurs lâchent dans le ciel de gros ballons auxquels sont attachés des paniers débordants de maïs soufflé et de bonbons à la cannelle. Les pilotes les attrapent et mangent tout ce qu'ils peuvent.

«Que dirais-tu d'une pomme au caramel?» propose le pilote à Mathieu.

Le spectacle terminé, le pilote de minuit prend la direction du centre-ville. Les édifices sont hauts et les vents sont forts. Les rues ressemblent à d'étroits canyons très profonds.

«Cramponne-toi, car c'est toi qui vas cueillir le colis» dit le pilote à Mathieu.

Le pilote de minuit s'approche le plus près possible de l'édifice et Mathieu saisit le paquet. Comme il a mangé une grosse pomme au caramel, ses mains sont si gluantes que le colis lui colle tout de suite aux doigts.

«À qui est-il destiné?» demande le pilote.

Mathieu regarde et reste bouche bée. C'est son adresse qui est indiquée sur le paquet.

«C'est pour ma maman!» s'écrie-t-il.

Le pilote de minuit dirige l'avion vers un repaire secret.

«C'est une cachette que seuls quelques as de l'aviation connaissent, dit-il. Si tu veux y entrer, tire sur cette manette.»

Mathieu exécute la manoeuvre et les ailes se replient de chaque côté de l'appareil. Aussitôt, l'avion pique du nez. Heureusement, au moment où il semble vouloir s'écraser, il se redresse et s'engouffre dans un tunnel du métro. À une vitesse fulgurante, il traverse les stations.

«On y est presque» crie le pilote de minuit tandis que l'avion s'enfonce dans un vieux tunnel abandonné.

Au bout de celui-ci se trouve une caverne
secrète. Mathieu tire à nouveau sur le levier
et les ailes se déploient juste à temps pour
un atterrissage en douceur.

C'est un endroit fantastique. Les murs sont
des rochers de verre, brillants comme de
l'argent. Le plafond est tapissé par les racines
d'un arbre.

Le pilote de minuit attache l'avion à l'une
des racines et, suivi de Mathieu, grimpe un
escalier en spirale. Tous deux pénètrent
dans le tronc de l'arbre. Mathieu ouvre la
porte et se retrouve sur une branche... dans
la cour de sa maison.

Le pilote de minuit lance une corde vers la fenêtre de la chambre de Mathieu. Le petit garçon s'y laisse glisser et, en passant, décroche son avion qui tombe sur la pelouse. Puis, il lâche le colis de sa maman qui atterrit sur le pas de la porte. Là, il est certain que sa mère le trouvera.

Mathieu entre dans sa chambre et se retourne pour saluer le pilote: «J'ai réussi à dégager mon avion! Je savais que j'y arriverais!»

«Je suis content que tu sois venu, ce soir, dit le pilote. Fais-moi signe si tu veux être à nouveau mon copilote.»

Il salue Mathieu et disparaît par la porte de l'arbre. Mathieu se met au lit, et s'endort aussitôt. Le lendemain matin, il s'éveille très tard.

«Il est huit heures» annonce sa mère en lui chatouillant les orteils.

Mathieu court à la fenêtre et aperçoit son avion dans le jardin.

«Je savais bien que le vent le ferait descendre» lui dit sa maman.

Mathieu éclate de rire, s'habille et se précipite dehors. Lorsque sa maman arrive à la porte, elle est agréablement surprise. Son paquet est là, juste sous le porche.

«Ah! Mon colis! s'exclame-t-elle. Je croyais qu'on avait oublié de me l'apporter.»

«Mais non! répond Mathieu. Il a été livré par un courrier très spécial.»

Sa maman ne comprend pas très bien. Mathieu lui parle du Courrier Un, du pilote de minuit et du spectacle aérien.

«Oh! je vois!» reprend la maman, même si elle ne saisit rien de ce que lui raconte Mathieu.

«Le pilote de minuit est un chic type, ajoute Mathieu. Il m'a dit que je pourrais l'accompagner n'importe quand. Tu peux venir avec nous, mais il faut que tes mains soient bien collantes. Pour cela, on achètera des bonbons. Et lorsqu'on décollera du toit, je te prêterai mes lunettes.»

«Décoller du toit?» s'écrie sa maman.

«Tu devrais d'abord prendre un café. On se préparera ensuite» suggère Mathieu.

«Un café! Quelle bonne idée! répond la maman. Là, au moins, Mathieu, je comprends de quoi tu parles.»

EN AVANT, PIRATES!

Un jour, en rentrant de l'école, Mathieu décide de devenir un pirate. Le plus beau des pirates! Aussi, il regarde attentivement un livre sur les pirates qu'il a emprunté à la bibliothèque.

Il se fabrique un cache-oeil et dessine une cicatrice sur son visage. Il remplit son pistolet à eau et le glisse dans sa ceinture.

Mathieu sait que les pirates possèdent toujours un trésor. Il ramasse donc toutes ses bandes dessinées et les cache sous son lit. Il fouille ensuite la maison et y trouve un réveille-matin, le bouchon de la baignoire, quelques cuillères, une paire de boucles d'oreilles, la brosse à cheveux et les grosses chaussettes de sa maman.

«Pas mal comme butin» pense-t-il en cachant ces objets un peu partout dans la maison.

Afin de retrouver facilement ses trésors, il dessine une carte. Il la range dans un endroit secret, en se disant qu'un pirate n'est jamais assez prudent.

À l'heure du repas, Mathieu proteste: «Les pirates ne mangent que de la pizza, de la réglisse et ils boivent de la bière d'épinette.»

«Sur les autres navires, peut-être, dit sa maman. Mais ici, le capitaine et la cuisinière, c'est moi! C'est donc moi qui commande.»

Le repas terminé, alors que Mathieu essuie la vaisselle, il entend à la radio:

«Ce soir, le conseil municipal prévoit effectuer des réductions importantes dans le budget de la bibliothèque. Si vous avez des livres en retard, retournez-les immédiatement, car les amendes pourraient bien augmenter.»

Mathieu est inquiet. Il se demande si le livre qu'il a emprunté à la bibliothèque est en retard. Il court vérifier la date de retour inscrite dans son livre. Ah non! il a déjà un mois de retard! Énervé, il cache son livre sous le paillasson du balcon.

C'est maintenant l'heure du bain. Mathieu tente d'expliquer à sa maman que les pirates ne se lavent jamais. Rien à faire!

«Autrefois, c'était peut-être vrai, dit-elle en souriant. Mais de nos jours, les pirates ont des mamans et des copains qui ne pensent pas ainsi.»

Mathieu doit donc lui rendre le bouchon de la baignoire et les autres trésors qu'il a cachés. Il réussit à tout retrouver. Tout, sauf les boucles d'oreilles.

«Ne t'en fais pas, maman, elles sont dans un endroit très sûr.»

Malheureusement, la carte aux trésors est tellement bien cachée, elle aussi, que Mathieu ne se rappelle plus où il l'a mise.

«Demain matin, je retrouverai tes boucles d'oreilles» promet Mathieu en se mettant au lit.

«J'espère que tu dis vrai» répond sa maman.

Elle lui souhaite bonne nuit, l'embrasse et éteint la lumière. Aussitôt, Mathieu ferme les yeux et s'endort.

Vers minuit, un bruit de klaxon réveille Mathieu. Il se lève et aperçoit un autobus rempli de pirates. L'autobus s'arrête.

«Allez, dépêche-toi! On n'a pas toute la nuit!» crie quelqu'un.

Mathieu ne se fait pas prier et escalade la passerelle.

«Je croyais que les pirates naviguaient sur les océans» s'étonne Mathieu.

«Nous n'aimons pas l'eau, parce que c'est dangereux et tout mouillé, lui répond le capitaine. L'eau, on l'utilise seulement pour remplir nos pistolets.»

«Mais que faites-vous donc pendant la journée?» demande Mathieu.

«Pas grand-chose, reconnaît le pirate. On ne prend jamais de bains et on ne se rase pas non plus.»

Mathieu leur dit que c'est pareil pour lui. Contents, les pirates l'invitent à devenir un des membres de leur équipage.

Peu de temps après leur départ, un des pirates se met à crier: «Camionnette de pizzas droit devant, à tribord!»

«En avant, pirates! À l'abordage!» commande le capitaine à son équipage.

La camionnette tente de leur échapper, mais les pirates sont beaucoup trop rapides. Après l'avoir harponné, l'équipage se lance à l'assaut du véhicule et ramène à bord cinquante grosses pizzas.

«Quelle belle prise!» tonne le capitaine en s'assoyant pour manger.

Il tend un morceau de pizza à Mathieu. À cet instant, le pirate crie de nouveau: «Bibliothèque mobile en vue!»

Inquiet, le capitaine court alerter l'équipage. Au même moment, l'autobus démarre à toute vitesse. Peine perdue! Dès que l'autobus tourne le coin de la rue, il tombe dans une embuscade de dindons et de bibliothécaires.

Les bibliothécaires somment les pirates de payer leurs amendes. Voyant qu'ils n'ont pas d'argent, les bibliothécaires décident de les enchaîner les uns aux autres. Ensuite, ils les font monter sur une planche surplombant une grande baignoire.

«Non! Non! Pas dans l'eau! implorent les pirates. Plutôt mourir que de tomber dans cette eau savonneuse et mouillée!»

«Nous voulons l'argent que vous nous devez, répondent les bibliothécaires. Si nous n'avons pas assez d'argent, les conseillers municipaux vont fermer la bibliothèque.»

Se sentant coupable de ne pas avoir payé son amende, Mathieu s'avance sur la planche: «Si vous ne nous jetez pas à l'eau, nous irons à la réunion du conseil et nous vous aiderons.»

Les bibliothécaires trouvent l'idée excellente. Ils libèrent leurs prisonniers. Puis, Mathieu invite les dindons à les accompagner à l'hôtel de ville.

«Vous nous servirez d'arme secrète» explique-t-il aux dindons.

L'hôtel de ville est très bien surveillé. Trop
bien, même.

«Ce soir, aucun pirate n'est admis à l'intérieur,
dit le gardien du stationnement. Seuls les
avocats, les juges en toge et les personnes
importantes peuvent entrer.»

«Qu'allons-nous faire?» demande le capitaine.

«Attendez, j'ai un plan, répond Mathieu.
Déguisons-nous en avocats et cachons les
dindons.»

Et, sans plus attendre, Mathieu, les pirates et
les dindons se dirigent vers l'hôtel de ville.

Le cortège arrive juste à temps pour défendre sa cause.

«La bibliothèque est un endroit très spécial, clame Mathieu. Les livres sont importants et amusants. Vous ne pouvez pas fermer la bibliothèque. Nous avons encore plein de choses à apprendre.»

Au signal, les pirates ouvrent leurs porte-documents. Les dindons rient, dansent, sautent dans les airs, courent dans tous les sens et chantent aux conseillers municipaux:

Les livres sont formidables et précieux,
aussi enrichissants que merveilleux,
aussi attachants que nos meilleurs amis,
aussi délicieux qu'une pizza toute garnie.

Devant tous ces dindons qui s'égosillent, les conseillers municipaux perdent la tête. Et la bibliothèque est sauvée!

Ravis, les bibliothécaires laissent partir
les pirates. Sans même leur faire prendre
un bain ni leur demander de payer les
amendes de toutes leurs bandes dessinées
en retard.

Lorsque Mathieu leur parle de son livre
en retard, les pirates promettent de s'en
occuper.

«En tout temps, tu peux te joindre à notre
équipage, lui disent-ils. À la condition de
ne pas avoir pris un bain ni de t'être rasé.»

Mathieu remercie et salue les pirates.

Il rentre ensuite chez lui, monte à sa chambre,
se met au lit et s'endort rapidement.

Le lendemain, Mathieu s'éveille à cinq heures. Il court sur le balcon pour voir si la date de retour de son livre a été changée. Elle l'a été! Son livre n'est plus en retard.

Dans son livre, Mathieu retrouve sa carte aux trésors. Et, dans le pot de fleurs, il aperçoit les boucles d'oreilles de sa mère. Il les enveloppe dans le journal du matin et court annoncer la bonne nouvelle à sa maman.

«Maman! Réveille-toi!» lance Mathieu en sautant sur le lit.

Sa mère ouvre un oeil et jette un regard sur la une du journal: «LA BIBLIOTHÈQUE EST SAUVÉE!»

«C'est une bonne nouvelle, mon chéri, dit-elle en bâillant. Allez, retourne au lit.»

Mathieu raconte que les pirates et lui ont harponné une camionnette de pizzas et qu'ils ont caché les dindons. Sa maman est un peu perdue.

«Vous avez harponné une camionnette de pizzas?» demande-t-elle.

«Oui! C'est ça le travail d'un pirate! dit-il. Et ce n'est pas le meilleur. Le meilleur, c'est...»

Mathieu déroule alors le journal et les boucles d'oreilles tombent sur le lit.

«Fantastique! Euh... ne sont-elles pas un peu différentes?» remarque-t-elle.

«Peu importe, puisque maintenant tu pourras faire partie de l'équipage, répond Mathieu. Mais seulement à la condition de ne plus prendre de bains et de ne plus te raser.»

Et, sourire aux lèvres, Mathieu songe déjà à son prochain abordage.

LE PLOMBIER

Depuis ce matin, il pleut très fort. Mathieu joue avec ses super-héros dans une flaque d'eau, près de sa maison.

Lorsqu'il rentre chez lui, ses vêtements sont trempés. Il descend directement au sous-sol et les met dans la sécheuse.

C'est alors qu'il remarque un trou dans le plancher de béton. C'est un drain. Il n'est pas aussi gros que celui de la rue, mais il semble assez profond.

Mathieu attache une ficelle autour de son robot et le fait descendre dans le trou. Malheureusement, le robot reste coincé. Même en tirant très fort sur la ficelle, Mathieu ne parvient pas à dégager son super-héros.

Lorsque sa mère l'appelle pour prendre son bain, Mathieu attache la corde à un tuyau et promet à son robot de revenir aussi vite que possible.

Sur le rebord de la baignoire, Mathieu aligne ses super-héros et des animaux de sa ferme miniature. Ensuite, il jette à l'eau un arrosoir, une flotte de bateaux et un gros bol de plastique rempli de petites voitures. Puis il se glisse dans la baignoire, où il trouve avec peine un coin pour s'asseoir.

Catastrophe! Un puissant raz-de-marée se produit et une vague immense fait tomber toutes les voitures au fond de l'eau. Heureusement, la bande de super-héros est prête à porter secours aux naufragés. Mathieu tire sur le bouchon de la baignoire juste au moment où sa mère entre dans la salle de bain.

«Quel dégât! soupire-t-elle. Range tes jouets et mets ton pyjama. Je descends voir si tes vêtements sont secs. Je reviendrai te dire bonne nuit.»

Mathieu regarde l'eau s'écouler par le drain. «Je me demande bien où s'en va toute cette eau», songe-t-il.

Lorsque Mathieu se met au lit, il entend sa mère parler au téléphone:

«Je sais qu'il est tard, mais j'ai besoin d'un plombier. Mon sous-sol est inondé.»

Mathieu descend alors au sous-sol.

Quelle horreur! Le plancher est recouvert d'une mare d'eau et sa mère a étendu des journaux autour du drain pour contenir l'inondation. Mathieu ramasse sa collection de bandes dessinées et la monte dans sa chambre, juste au cas où...

«Est-ce que quelqu'un viendra débloquer le drain?» demande-t-il.

«Pas avant demain matin, répond sa maman. Les plombiers sont trop occupés. Beaucoup de maisons sont inondées.»

«Peut-être que l'eau s'en ira toute seule», dit-il.

«Je l'espère bien, mon chéri», soupire sa maman.

Elle lui souhaite bonne nuit et Mathieu s'endort aussitôt.

Vers minuit, on frappe à la fenêtre de la chambre de Mathieu. Le garçon se lève pour voir de quoi il s'agit.

Dehors, l'eau est tellement haute qu'elle atteint le rebord de sa fenêtre. Juste en face de lui, Mathieu aperçoit un homme dans un bateau.

«Vous avez appelé un plombier?» demande l'homme.

«Oui, oui, répond Mathieu. Le drain de notre sous-sol est bouché.»

«Je ne peux pas m'occuper de cela maintenant, explique le plombier. Je dois d'abord aller en ville, car il y a des tas de problèmes. Mais pourquoi ne viens-tu pas m'aider? Je pourrai ensuite réparer gratuitement le drain de ta maison.»

Amusé par la proposition, Mathieu court enfiler ses bottes et saute dans le bateau. Quand le plombier hisse la voile, le bateau prend le large.

Le ciel est sans nuage, la lune brille et un huard pousse son cri dans la nuit.

Rendu à la bibliothèque, Mathieu s'informe de ce qui se passe.

«Nous construisons un barrage! répondent en choeur les gens. Si nous n'agissons pas tout de suite, la bibliothèque de bandes dessinées va être inondée.»

Mathieu et le plombier se joignent à eux. L'eau monte rapidement et risque à tout moment de passer par-dessus bord. Tous les amateurs de bandes dessinées mettent la main à la pâte et empilent les journaux.

«Sauvons les bandes dessinées! Sauvons les bandes dessinées!» crient les dindons en lançant leurs livres dans les airs.

«Nous arrivons juste à temps», dit le plombier à Mathieu, en lui montrant une chaîne argentée qui pend du toit d'un édifice.

«Cette longue chaîne ressemble à celle du bouchon de ma baignoire, remarque Mathieu. Mais elle est beaucoup plus grosse!»

«C'est exact, répond le plombier. Maintenant, allons-y! Il faut nous mettre au travail.»

Le plombier ouvre un coffre et en sort deux scaphandres.

«Nous les portons toujours pour les gros travaux», dit-il à Mathieu.

En deux temps, trois mouvements, ils enfilent les scaphandres. Le plombier saute dans l'eau.

Mathieu le suit et il reçoit presque aussitôt un appel radio: «Plombier 2 à Plombier 1. Tourne le bouton qui se trouve sur ta ceinture.»

Mathieu s'exécute et les réacteurs se mettent en marche. Le garçon se déplace à grande vitesse.

«C'est formidable d'être un plombier!» crie Mathieu en riant.

«C'est vrai, mais il ne faut pas le dire. Sinon, tout le monde voudra devenir plombier», lui explique son ami.

Après quelques minutes, les scaphandriers découvrent le drain principal de la ville. Il est complètement bloqué par un gros bouchon de caoutchouc. Le plombier secoue la tête.

«Nous aurons besoin de tous nos pouvoirs spéciaux pour retirer ce bouchon», dit-il.

Le plombier tourne un autre bouton de sa ceinture et Mathieu l'imite. Puis, tous deux saisissent la chaîne et tirent très fort. Tout à coup, le bouchon saute.

«Accroche-toi bien!» crie le plombier.

L'eau se met à tourbillonner rapidement en s'écoulant par le drain. Mathieu et le plombier s'agrippent à la chaîne. Tout ça est très excitant, particulièrement pour les dindons qui surveillent l'opération du haut du barrage.

«C'est un raz-de-marée! Un véritable typhon! s'exclament les dindons. C'est bien la première fois qu'on s'amuse autant à la bibliothèque!»

Tout le monde éclate de rire et salue les deux sauveteurs.

«Contents d'avoir été utiles», dit le plombier en retirant son scaphandre.

Mathieu et le plombier descendent dans
le drain.

Au bas de l'échelle, ils se retrouvent
devant un grand lac souterrain. Ils font
un signe secret et un bateau s'approche
d'eux. L'équipage les invite à monter
à bord.

«Que font ces robots?» demande Mathieu.

«Ils nous aident à réparer les machines
géantes, explique le plombier.
Et maintenant, allons à la pause.»

Mathieu suit son nouvel ami à travers de petites cavernes et d'étroits couloirs. Ils débouchent finalement dans une grande pièce où se trouvent des tables de billard et une baignoire remplie de mousse.

Plusieurs plombiers en maillot de bain se prélassent en mangeant des croustilles, des hot-dogs, de la réglisse et d'immenses cornets de crème glacée. Un peu plus loin, quarante-trois téléviseurs sont allumés, chacun à une chaîne différente.

«C'est le centre de repos secret où nous venons nous détendre après le travail», dit le plombier.

Et il donne à Mathieu une casquette spéciale, comme celles que portent tous les autres plombiers.

«Il est temps de rentrer chez toi», annonce le plombier.

Mathieu et son ami longent de nombreuses rivières souterraines. Arrivé près de la maison de Mathieu, le plombier soulève la plaque d'égout et aide le petit garçon à grimper.

«N'oublie pas le drain de notre sous-sol», rappelle Mathieu.

«Je m'en occupe tout de suite», répond le plombier.

Mathieu lui dit au revoir, rentre chez lui, se met au lit et s'endort aussitôt.

Le matin, dès six heures, Mathieu se réveille et se précipite au sous-sol pour voir si le plombier a tenu parole. Oui, le drain est bel et bien réparé et toute l'eau s'est écoulée.

Et lorsque Mathieu tire sur la ficelle qu'il avait attachée à un tuyau, son super-héros sort du drain et tombe sur le plancher.

Après avoir accroché son super-héros à sa casquette, Mathieu court réveiller sa mère.

«L'eau est partie! L'eau est partie!» s'écrie-t-il en sautant sur le lit.

«C'est toi, Mathieu?» demande sa mère en ouvrant un oeil.

«Hier soir, le plombier est venu et nous avons empêché la ville d'être inondée, raconte Mathieu. On a aussi sauvé la bibliothèque de bandes dessinées.»

«La bibliothèque de bandes dessinées?» s'étonne sa mère en ouvrant l'autre oeil.

«Et ce n'est pas tout! Le drain du sous-sol est réparé. L'eau s'est presque tout écoulée. Le plancher est encore un peu mouillé, mais ça ira», la rassure Mathieu.

«Où est donc allée l'eau?» lui demande sa mère.

«Désolé, mais je ne peux rien dire, répond Mathieu. C'est un secret de plombier.»

DU COURAGE, MATHIEU !

Un jour où il n'a rien à faire, Mathieu décide de jouer au cirque. Un cirque où il sera à la fois le clown et le maître de cérémonie.

«Toi, tu feras le lion et je te construirai une belle cage, propose Mathieu à sa mère. Je vais te dompter et te montrer plein de trucs extraordinaires.»

Sa maman est trop occupée pour faire le lion, mais elle fabrique un beau costume à Mathieu.

«N'oublie pas de m'appeler quand le spectacle va commencer», dit-elle à son fils qui s'élance dans la cour.

D'abord, Mathieu doit trouver quelques animaux sauvages à dresser. Flairant le danger, le chat du voisin préfère s'enfuir. Heureusement, Mathieu aperçoit dans l'arbre des écureuils qui voltigent de branche en branche. Un numéro parfait pour son spectacle.

«Mesdames et messieurs, voici Mathieu le Magnifique et ses incomparables écureuils volants!» crie le garçon à sa mère.

Tous les numéros sont réussis et la mère de Mathieu est très impressionnée. Malheureusement, en sautant sur la table de pique-nique pour faire son salut final, Mathieu s'accroche dans sa cape et tombe par terre.

«Ouille!» se plaint Mathieu, en voyant son genou écorché.

La maman accourt avec la trousse de premiers soins. Elle nettoie le pauvre genou de son fils et y colle un beau pansement tout neuf.

Mathieu gémit: «Je devrais probablement aller à l'urgence de l'hôpital!»

«Pas de panique, mon trésor, ce n'est qu'une égratignure», le rassure sa mère en souriant.

Au même moment, un des écureuils manque sa branche et se retrouve sur le sol. Tout inquiet, Mathieu demande si on ne devrait pas faire aussi un pansement à l'écureuil.

«Je crains que ce ne soit inutile», lui répond sa maman.

«Enveloppons-le dans une vieille serviette de bain», suggère la maman.

Elle place ensuite l'écureuil dans une petite boîte de carton qu'elle dépose dans le garage.

«J'ai bien peur qu'il n'y ait rien d'autre à faire», dit-elle en secouant la tête.

«Est-ce qu'il est mort?» demande Mathieu.

«Non, non, il n'est pas mort. Seulement blessé, ajoute-t-elle. Il est difficile de dire si c'est sérieux. Il faut attendre à demain pour voir s'il ira mieux.»

Ce soir-là, en se mettant au lit, Mathieu s'inquiète de l'écureuil.

«Est-ce qu'il aura froid dans le garage?»

«Je ne pense pas, mon lapin, lui répond sa maman. L'écureuil est bien au chaud dans la serviette.»

«J'espère que sa famille sait où il se trouve», souhaite Mathieu.

«J'en suis certaine, réplique sa mère. Et toi, ne joue pas avec ton pansement, sinon il va se décoller.»

«Je voulais juste voir comment j'allais, explique Mathieu. Si je prends du mieux, peut-être que l'écureuil aussi va guérir.»

«Pour l'instant, le petit écureuil dort. Et toi, Mathieu, tu devrais faire comme lui», dit la mère, avant d'embrasser son fils et d'éteindre la lumière pour la nuit.

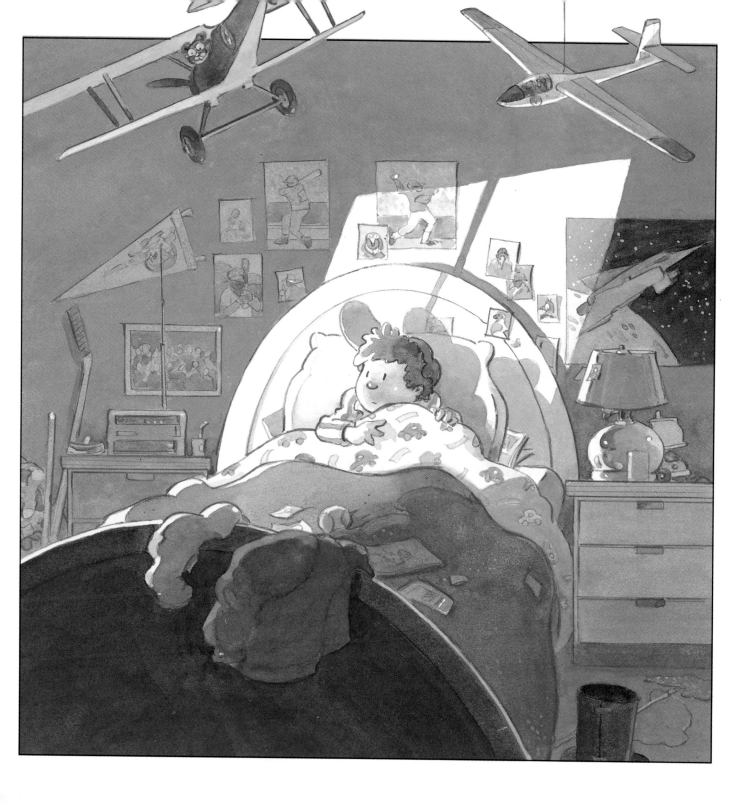

Aux environs de minuit, le hurlement d'une sirène tire Mathieu de son sommeil. En s'approchant de la fenêtre, il aperçoit une ambulance tout près du garage.

Rapide comme l'éclair, Mathieu se précipite dehors. Il arrive juste à temps pour voir les ambulanciers emporter l'écureuil blessé sur une civière.

«Est-ce qu'il va s'en remettre?» demande Mathieu.

«Difficile à dire, répond l'ambulancier. Il faut l'amener tout de suite à l'urgence.»

«Moi aussi, je me suis blessé», explique Mathieu en montrant son genou.

«Ça semble sérieux, constate l'ambulancier. Tu devrais nous accompagner.»

Aussitôt dit, Mathieu grimpe dans l'ambulance et s'installe sur une civière. Les portes fermées, l'ambulance démarre. Sa sirène hurlant, le véhicule se dirige à toute vitesse vers l'urgence de l'hôpital.

À l'hôpital, la salle d'attente est bondée. Au milieu de cette foule, le chirurgien fait son entrée. Mathieu remonte la jambe de son pyjama pour que le spécialiste examine son genou. Tout le monde retient son souffle.

En fronçant les sourcils, le chirurgien réclame un scalpel pour enlever le pansement.

«Non! Finalement, le scalpel sera inutile, décide-t-il. Je vais l'enlever à la main. À mon signal, un… deux… trois!»

Il tient le genou de Mathieu et arrache le pansement. La foule crie bravo, mais le chirurgien lève la main et impose le silence.

«Ce n'est pas terminé, dit-il. Le pire reste à venir. Comment te sens-tu, mon garçon?»

«Ça n'a même pas fait mal», répond fièrement Mathieu.

«Brave garçon! Vite, garde! Apportez-moi un autre pansement.»

Et le chirurgien applique un pansement tout neuf sur le genou de Mathieu.

L'opération terminée, les infirmières roulent la civière de Mathieu jusqu'à la salle de réveil. L'écureuil blessé est déjà là. Il a bien meilleure mine.

«Bonjour, je m'appelle Noisette, dit-il avec un sourire timide. Merci d'avoir pris soin de moi.»

Soudain, la porte s'ouvre et toute la famille de Noisette envahit la place. On serre la main de Mathieu et on lui tapote le dos. Une fois la famille calmée, le papa de Noisette fait les présentations.

«Nous sommes les Cervolants Volants et nous avons décidé de donner un spectacle pour remercier le personnel de l'hôpital. Mais nous avons un petit problème. Noisette n'est pas encore complètement guéri et il nous faut quelqu'un pour le remplacer.»

«Veux-tu prendre ma place? demande Noisette à Mathieu. Je t'ai vu t'exercer, tu es vraiment très bon.»

Et c'est ainsi que Mathieu se joint aux acrobaties des Cervolants Volants.

Au grand plaisir de tout le monde!

«Et pour terminer, annonce Noisette, voici la plus incroyable pirouette de notre cirque magique. Les Cervolants Volants ont l'honneur de vous présenter en grande première le numéro de l'homme-canon!»

Pendant qu'on l'installe dans la bouche du canon, Mathieu s'inquiète.

«Êtes-vous sûr que ça va marcher?» demande-t-il au père de Noisette.

«Pas vraiment, répond celui-ci, mais je n'ai pas d'autre humain sous la main. Il vaut donc mieux que tu sois confiant.»

On charge le canon de dynamite. Puis on commence le compte à rebours: «Cinq... quatre... trois... deux... un...»

BAAADOUUUUM!!!

Telle une fusée en direction de la lune, Mathieu est projeté dans l'espace.

Heureusement, au moment où Mathieu s'envole, les Cervolants Volants ont juste le temps de l'attraper par les bottes.

«Adieu! Adieu! crient-ils en choeur à la foule. Nous espérons que le spectacle vous a plu!»

«Nous avons oublié Noisette!» s'écrie Mathieu, alors que les Cervolants Volants traversent le ciel à la vitesse d'une étoile filante.

«Ne t'inquiète pas, les ambulanciers vont le ramener dans ton garage!» répondent les écureuils, avant de commencer leur descente vers la maison de Mathieu.

«J'espère que j'ai laissé la fenêtre ouverte», s'inquiète le garçon.

Oui, la fenêtre est bien ouverte et toute la bande atterrit sur le lit. Avant de partir, le père de Noisette dessine l'emblème des Cervolants Volants sur le pansement de Mathieu. Les Cervolants Volants envolés, Mathieu s'endort rapidement.

À son réveil, le lendemain matin, Mathieu vérifie si son pansement est resté en place. Puis il s'élance vers la chambre de sa maman pour voir si elle est réveillée.

«Mathieu, il n'est que six heures du matin. Veux-tu bien arrêter de sauter sur mon lit!» marmonne-t-elle.

«Vite, maman, il faut ouvrir la porte du garage pour laisser sortir Noisette!»

«Noisette qui?» demande la maman en refermant les yeux.

«Mais, maman, tu t'en souviens? Le pauvre écureuil blessé? Vite, vite, il nous attend!»

Grâce à son insistance et à de nombreux baisers, Mathieu réussit à entraîner sa maman jusqu'au garage.

«Ne te fais pas trop d'illusions, le prévient-elle. Ton écureuil était plutôt mal en point hier et son état a peut-être empiré!»

À peine quelques secondes plus tard, la mère de Mathieu s'écrie: «Incroyable! Ton écureuil saute comme un neuf.»

«Bien sûr, c'est grâce à l'opération, explique Mathieu. Je l'ai accompagné à l'hôpital et nous avons tous les deux été opérés.»

Comme sa mère ne semble pas comprendre, Mathieu lui montre son pansement.

«Regarde, c'est l'emblème des Cervolants Volants, déclare-t-il fièrement. Je fais maintenant partie de leur numéro. Et toi aussi, maman, tu peux faire partie de leur spectacle…

... mais seulement si tu réussis à entrer dans le canon.»

COURS VITE, MATHIEU !

Ce jour-là, en revenant de son cours de dessin, Mathieu aperçoit Michel Laterreur. Effrayé, il se cache derrière la haie du voisin.

Même s'il est petit, Mathieu court très vite. Courageusement, il s'élance vers sa maison. Mais comme il arrive dans sa cour, Mathieu trébuche et s'étend de tout son long.

«Où vas-tu comme ça, insecte?» crie Michel Laterreur en pointant un doigt terrifiant vers le garçon.

«Mathieu, viens manger!»

En entendant la mère de Mathieu, Michel Laterreur préfère s'en aller.

«On se reverra», menace-t-il en s'éloignant tranquillement.

Le repas terminé, Mathieu se met à dessiner. Après une demi-heure, il a réussi
un vrai chef-d'oeuvre. Un dessin de lui en
homme fort avec de très gros muscles.

«Mathieu, c'est l'heure d'aller au lit, lui dit
sa maman. Et n'oublie pas ton verre de lait.»

Avant de se coucher, Mathieu accroche son dessin sur le mur.

«Maman, est-ce qu'un jour j'aurai de gros muscles?»

«Sans aucun doute», lui répond sa mère.

«Et quand j'aurai de gros muscles, est-ce que je serai vraiment fort?» demande Mathieu.

«J'ai l'impression que Michel Laterreur te fait encore des misères», soupire la mère.

«Peut-être un petit peu, admet Mathieu. Il rit de moi parce que j'aime dessiner. Je voudrais bien qu'il cesse de m'embêter.»

«Nous allons trouver une solution, dit la maman. En attendant, finis ton verre de lait. Ça t'aidera à grandir et à devenir fort.»

Puis la mère embrasse Mathieu et sort en éteignant la lumière. Dans son lit, Mathieu pense que le lait tout seul ne suffira pas.

«Si j'étais fort, je pourrais régler son compte à Michel Laterreur», songe Mathieu avant de s'endormir.

Vers minuit, des claquements réveillent Mathieu. Il descend pour voir d'où proviennent ces bruits. Et, au beau milieu de la rue, il aperçoit un homme qui saute à la corde.

«Monsieur, pourquoi sautez-vous comme ça?» s'informe Mathieu.

«Je m'entraîne, fiston. Quand on est lutteur, on doit se garder en forme.»

«Moi aussi, j'aimerais faire de la lutte, mais je pense que je devrais être plus gros.»

«Ce n'est pas ton poids qui compte, réplique l'homme, c'est ta façon de faire les choses. En quoi es-tu très bon?»

«Je cours vite et j'aime dessiner», dit Mathieu.

«Voilà une combinaison du tonnerre! s'exclame l'homme. C'est ton jour de chance, fiston, car il me manque un partenaire. Je m'appelle Lautrec de Toulouse.»

«Enchanté, monsieur. Moi, je m'appelle Mathieu.»

«C'est tout? Ça ne marchera jamais! Le nom, fiston, c'est la moitié du succès. Tu es rapide, me dis-tu? Alors on t'appellera Rapido Volant.»

Lautrec de Toulouse présente Mathieu à un cheval à lunettes.

«Charlot le cheval, je te présente Rapido Volant qui fait maintenant partie de mon équipe.»

Après avoir examiné Mathieu de la tête aux pieds, le cheval soupire. «Ce garçon ne pourrait même pas soulever deux écureuils», dit-il, découragé.

«Sa force, c'est qu'il court vite, répond Lautrec. Voyons ce qu'il peut faire! Allez, à vos marques, partez!»

Charlot et Mathieu s'élancent dans les rues de la ville. Mathieu se débrouille si bien qu'il remporte la victoire.

«Est-ce qu'on pourrait l'attacher à la charrette?» demande le cheval à lunettes, impressionné.

«Pour être rapide, il est rapide, constate Lautrec. Si en plus il sait dessiner, l'affaire est dans le sac.»

«Ma mère me trouve exceptionnel», ajoute Mathieu.

Le cheval lève les yeux au ciel: «Malheureusement pour lui, ce n'est pas sa mère qui sera l'arbitre du combat.»

Quand ils arrivent à la Galerie de la lutte, Lautrec de Toulouse explique à Mathieu:

«Dans cette compétition, tu obtiens des points pour la lutte et des points pour le dessin. Pour gagner, tu dois réussir les deux. Dessine quelque chose que tu aimes.»

Mathieu dessine sa maman quand elle se réveille le matin. Lautrec de Toulouse s'exclame: «Pas mal, fiston!»

Lautrec sort alors un costume de lutteur. Mathieu l'enfile et trouve qu'il lui va bien. Mais plus l'heure du combat approche, plus Mathieu devient nerveux.

«Je... je ne suis p... pas certain d'être assez f... fort pour lutter», bafouille-t-il.

«Pas de problème, fiston, j'ai exactement ce qu'il te faut, le rassure Lautrec. Avale-moi un peu de cela. C'est ma propre recette. Ça va te rendre fort en un éclair.»

Lautrec verse dans un verre un liquide qui ressemble à du lait. Mais ce n'est pas du lait, c'est du «Vitalité Plus». Et comme c'est délicieux, Mathieu ne se fait pas prier pour le boire.

L'heure du combat est arrivée. L'arbitre présente les lutteurs à la foule en délire.

«Ils ont l'air dangereux... Surtout le Vampire Masqué», murmure Mathieu.

«Ne t'inquiète pas, on peut tous les vaincre», répond Lautrec.

La cloche annonce le début du combat. Un à un, les adversaires sont éliminés. Bientôt, il ne reste plus que deux lutteurs.

«Le combat est entre tes mains, fiston, déclare Lautrec à Mathieu. Tu ne feras qu'une bouchée de ce Vampire Masqué.»

«J'ai l'impression de le connaître», songe Mathieu, en regardant le Vampire Masqué.

Mathieu se met à courir très vite autour de l'arène, espérant étourdir son adversaire. Mais au moment où il croit avoir réussi, il se prend les pieds dans sa cape et s'effondre sur le tapis. Le Vampire Masqué fait une grimace et grimpe sur le poteau du coin.

«Ta maman n'est plus là pour te sauver!» hurle-t-il.

Debout sur les cordes, il s'élance vers Mathieu, qui l'évite de justesse. Vlan! Le Vampire Masqué s'écrase sur le sol. Mathieu se précipite sur son adversaire et lui arrache son masque.

«Michel Laterreur!» s'écrie-t-il.

On entend aussitôt le gong annonçant la fin du combat. Et ainsi, Mathieu et son équipe remportent la victoire.

Lautrec et Mathieu quittent la Galerie de la lutte. Dehors, ils retrouvent Charlot le cheval.

«Allez, mon bon Charlot, dit Lautrec, nous avons quelques livraisons à faire.»

Le reste de la nuit, ils sillonnent les rues pour livrer des caisses de Vitalité Plus à tous ceux qui en veulent.

Puis Lautrec ramène Mathieu chez lui.

«Fiston, voici ta part de la récompense», dit-il à Mathieu.

«Garde-la, Lautrec. J'aimerais mieux me faire une provision de ton Vitalité Plus.»

«Marché conclu, répond Lautrec. Chaque fois que je passerai près de chez toi, je t'en laisserai un carton. J'espère, fiston, que tu reviendras lutter. Tu seras toujours le bienvenu. N'est-ce pas, Charlot?»

Pour toute réponse, le cheval à lunettes fait entendre un ronflement. Il dort déjà à sabots fermés.

Mathieu souhaite une bonne nuit à Lautrec et rentre à la maison. Il dépose le Vitalité Plus au frigo et monte à sa chambre. C'est à son tour de dormir à poings fermés.

Le lendemain matin, Mathieu a beaucoup de choses à raconter à sa mère.

«Devine qui je suis!» lui dit-il.

Avant même que sa maman ait le temps de répondre, Mathieu s'écrie: «Je suis Rapido Volant le lutteur!»

Renonçant à comprendre, la mère de Mathieu ouvre la porte du réfrigérateur et s'étonne: «Bizarre... Il y a un autre carton de lait au frigo.»

«Ce n'est pas du lait, explique Mathieu, c'est du Vitalité Plus. Lautrec a promis de m'en livrer chaque semaine.»

«Tu sais, Mathieu, dit sa maman, j'ai bien réfléchi. Aimerais-tu prendre des leçons de judo? Tu pourrais suivre le cours du samedi, juste après ta classe de dessin.»

«Ça me semble parfait», répond Mathieu.

Et pendant que Mathieu dessine, sa maman sourit en buvant une bonne tasse de son propre Vitalité Plus.

AU FEU, MATHIEU !

Aujourd'hui, Mathieu a décidé de jouer au pompier. Il chausse des bottes de jardinage et prend le boyau de l'aspirateur. Puis il court autour de sa chambre pour éteindre les incendies. Au moment où il va faire entendre son cri de sirène, sa maman l'appelle.

«Le souper est prêt», dit-elle.

Mathieu s'élance vers l'escalier et regarde la rampe. Il aimerait tant s'y laisser glisser...

«Il n'en est pas question!» le prévient sa maman.

Alors Mathieu descend lentement l'escalier, une marche à la fois.

Au menu, il y a de la limonade et des hot-dogs avec beaucoup de ketchup. Il y a aussi un grand bol de crudités, car les légumes crus sont pleins de vitamines.

Au dessert, Mathieu et sa maman font griller des guimauves, en faisant attention de ne pas trop les faire brûler. Malheureusement, toutes les guimauves prennent feu.

«Ces charbons sont vraiment très chauds», remarque Mathieu.

Avant de se coucher, Mathieu range ses bottes de caoutchouc au pied de son lit.

«Un pompier doit toujours être prêt, dit-il à sa maman. Penses-tu que les charbons sont encore chauds?»

«À l'heure qu'il est, répond sa mère, ils sont sûrement réduits en cendres. Par prudence, j'ai refermé le couvercle du barbecue.»

Par la fenêtre, Mathieu et sa maman regardent les feux d'artifice qui illuminent le ciel. Le dernier feu est éblouissant!

Mathieu applaudit le spectacle, puis il se met au lit. Sa maman l'embrasse et lui souhaite une bonne nuit.

Mathieu reste éveillé un petit moment. Il entend le sifflement d'une dernière fusée dans le ciel.

«Où peut-elle bien aller?» se demande-t-il en s'endormant.

Vers minuit, Mathieu se réveille. Il s'approche de la fenêtre et voit le ciel encore rougi par les feux d'artifice.

Comme il a soif, il va se chercher un verre d'eau à la salle de bain.

En revenant dans sa chambre, Mathieu entend un sifflement et une grosse fusée atterrit à ses pieds! Vite, avant qu'un incendie éclate, Mathieu verse son verre d'eau sur la mèche de la fusée.

Une seconde plus tard, un pompier grimpe dans une échelle et entre dans la chambre de Mathieu. Il félicite le garçon d'avoir réagi si rapidement.

«Grâce à toi, fiston, le pire a été évité. Sais-tu que tu ferais un formidable pompier?»

«Hé bien… je crois que oui», admet Mathieu.

«Si tu veux, faisons un essai», réplique le pompier qui remet un casque de pompier à Mathieu.

«Mon nom est Freddie Laflamme, explique le pompier. Je passe ma vie à éteindre les incendies!»

«Moi, je m'appelle Mathieu!» lui répond le garçon.

BIP! BIP! BIP!

«C'est un appel de la caserne, crie Freddie Laflamme. Pas de temps à perdre, fiston. Attrape tes bottes et partons!»

Freddie Laflamme saute sur la rampe de l'escalier et Mathieu fait de même. Yahou! Ils descendent à toute vitesse.

Juste au moment où ils arrivent au bout de la rampe, Freddie Laflamme appuie sur un bouton. Une trappe secrète s'ouvre alors au pied de l'escalier et les pompiers peuvent poursuivre leur descente.

Comme une traînée de poudre, Freddie et Mathieu traversent le sous-sol de la maison. À une vitesse folle, ils s'enfoncent de plus en plus profondément dans le sol.

Ils tournent à gauche, ils tournent à droite. Rien ne semble pouvoir les arrêter. Ils ne savent même plus où ils sont, quand soudain ils aboutissent au beau milieu de la caserne.

Tous les pompiers sont là, prêts à partir. D'un bond, Freddie Laflamme et Mathieu les rejoignent. Quand la sirène hurle, le camion s'élance comme une fusée.

En un éclair, Freddie et Mathieu se retrouvent devant un vaste entrepôt de fusées et de guimauves, où des dindons ont organisé un barbecue. C'est la fête!

«J'espère que vous connaissez la différence entre une fusée et une guimauve», s'inquiète Mathieu.

«Bien sûr, bien sûr! s'exclament les dindons. Les guimauves grillées sont délicieuses. Surtout avec du ketchup, elles sont irrésistibles! Mais pour les faire cuire, il nous faut une brochette.»

Sur ce, l'un des dindons enfonce une guimauve au bout d'une fusée et l'approche au-dessus des charbons.

«Non, ne faites pas ça!» s'écrie Mathieu.

Trop tard! La fusée s'envole dans un grand sifflement et va transpercer une fenêtre de la fabrique. Une énorme explosion secoue le quartier et l'entrepôt prend feu.

Il n'y a pas une seconde à perdre! Freddie hisse Mathieu sur ses épaules et lui passe le boyau. Rapide comme l'éclair, Freddie grimpe dans l'échelle.

«Tiens-toi bien, Mathieu!» crie-t-il.

Le boyau se met à zigzaguer et à tourbillonner comme un serpent en furie, mais Mathieu ne lâche pas prise. Il arrose abondamment la fabrique et le feu est maîtrisé en un rien de temps.

«Fiston, tu es le meilleur», déclare Freddie Laflamme, en offrant une médaille à Mathieu.

Sur cette médaille sont gravées une étoile et une inscription: «Chef-adjoint des pompiers».

Comme les dindons sont couverts de guimauve, ils empruntent le boyau pour se laver.

«Nous sommes désolés», s'excusent-ils.

«Il ne faut jamais prendre un incendie à la légère, rétorque Freddie Laflamme. Pour vous faire pardonner, vous allez devoir travailler.»

«Travailler?» s'inquiètent les dindons.

«On pourrait en faire des pompiers», suggère Mathieu.

«C'est une excellente idée!» s'exclame Freddie Laflamme.

Sans hésiter, les dindons sautent dans le camion de pompier, font démarrer la sirène et sonnent la cloche. Mais il se fait tard et les pompiers doivent raccompagner Mathieu chez lui.

«J'espère que tu reviendras combattre les incendies avec nous, lui dit Freddie Laflamme. On a toujours besoin de gars rapides comme toi.»

Mathieu accepte l'invitation et salue tout le monde. Puis il entre dans la maison, monte à sa chambre, grimpe dans son lit et s'endort aussitôt.

Le lendemain matin, la maman de Mathieu est étonnée de voir son fils arroser les fleurs.

«Ce n'est pas nécessaire, remarque-t-elle. On dirait qu'il a plu cette nuit.»

«Ce n'était pas la pluie, c'était moi et Freddie Laflamme!» répond Mathieu.

«Freddie Laflamme?» demande la maman.

«C'est un pompier. À la caserne, nous sommes tous des pompiers. On s'est promenés sur un gros camion. On a tout arrosé en ville.»

Mathieu montre à sa mère sa médaille de chef-adjoint des pompiers. En lui racontant le reste de l'histoire, il insiste sur l'épisode des guimauves.

«Vois-tu, explique Mathieu, il faut bien se nourrir pour combattre les incendies. Freddie dit que les guimauves sont un aliment important. Si on en mangeait pour déjeuner?»

«Je ne suis pas certaine que ce soit une bonne idée», réplique sa mère.

«Ne t'inquiète pas, maman, on n'a pas besoin d'allumer les briquettes. On va manger les guimauves crues. Après tout, comme tu le dis souvent, les aliments crus...

... contiennent plus de vitamines que les aliments cuits.»

COMPTE TES SOUS, MATHIEU !

Un jour de pluie, Mathieu décide de jouer dans la maison. Il recouvre la table avec des couvertures et des draps. Puis il s'installe dessous avec son jeu de Monopoly.

«Maman, viens jouer avec moi au Monopoly secret, dit Mathieu. C'est facile! On lance les dés et on avance nos pions comme d'habitude. Et si tu arrêtes sur mon terrain, tu dois me payer. La différence, c'est qu'il faut porter un masque et utiliser une lampe de poche.»

«J'ai bien peur de ne pas avoir le temps, répond la maman. Je dois faire les comptes et payer les factures.»

Voyant que sa mère est très occupée, Mathieu lance les dés à sa place et avance le pion. Tout se passe bien, jusqu'au moment où le pion de la maman se retrouve sur un terrain de Mathieu. Le garçon sourit et ouvre grand son sac d'argent.

«Ah, ah! Tu vas perdre tout ton argent, maman!» s'exclame-t-il.

«Oui, on dirait bien», soupire-t-elle en jetant un oeil sur la pile de factures.

Un peu plus tard, lorsque la pluie cesse, Mathieu prend son sac d'argent et sort de la maison. En descendant les marches, il trouve un sou tout brillant. Il se retourne pour aller le porter à sa maman. Mais, à travers la vitre, il la voit penchée sur ses factures et Mathieu comprend qu'il faudrait plus qu'un sou pour l'aider. Il creuse alors un petit trou dans le sol, près d'un buisson, et il y dépose le sou.

«Peut-être qu'il va pousser et nous rendre riches», rêve Mathieu.

Ce soir-là, avant de se mettre au lit, Mathieu compte son argent. Il en a gagné beaucoup au Monopoly secret, mais il est quand même un peu inquiet. Quand sa mère vient le border, il lui demande:

«Est-ce que nous allons manquer d'argent?»

«Mais non, dit-elle en souriant, il nous en reste beaucoup.»

«Mais où est-il?» s'inquiète Mathieu.

«À la banque, bien en sûreté», le rassure sa maman.

«Si je pouvais avoir de l'argent à la banque, moi aussi...», pense Mathieu en fermant les yeux.

Vers minuit, Mathieu s'éveille. La lune brille et le vent souffle fort. Mathieu s'approche de la fenêtre et aperçoit un buisson baigné de lumière. Sur les branches, de petites boules lumineuses s'agitent ici et là. Soudain Mathieu en voit une qui s'ouvre et laisse tomber des pièces de monnaie étincelantes.

Mathieu saisit son sac d'argent et se précipite dehors. Il trouve plein de sous éparpillés sur le gazon, près du buisson. Il se hâte d'en remplir son sac.

Au même moment, un gros homme à motocyclette tourne le coin de la rue et s'arrête devant la maison de Mathieu.

«Ma foi, tu roules sur l'or, mon garçon! Tout comme moi! dit-il avec un grand sourire. Je m'appelle Fargo et je joue avec les lingots.»

«Je m'appelle Mathieu et je joue surtout au Monopoly», répond le garçon.

«Un milliardaire en herbe, quelle bonne nouvelle! s'exclame le gros homme. Ça fait des lunes que je cherche un gars comme toi! Imagine-toi que, cette nuit, on joue une partie de Monopoly à la banque et il me faut un partenaire. Tous les meilleurs joueurs de la terre seront là. Veux-tu venir avec moi?»

Bien sûr, Mathieu accepte et Fargo lui tend la main: «Tope là! Et on partage les gains moitié-moitié.»

Fargo et Mathieu arrivent juste à temps.
La partie va commencer.

«Voilà, c'est très simple, dit Fargo à Mathieu.
Tu n'as qu'à lancer les dés, acheter, vendre
et amasser des tonnes d'argent. La partie
se termine quand quelqu'un se pose sur la
case "Jappement gratuit" Alors tout le
monde se met à japper et à courir dans tous
les sens. Puis, chacun compte son argent
pour savoir qui a gagné.»

Fargo prend un ton mystérieux: «Mais
avant tout, tu dois connaître la règle
secrète.»

«Une règle secrète?» demande Mathieu,
intrigué.

«Oui, dit Fargo. Au Monopoly de la banque,
tous les joueurs lancent les dés quand
ils veulent, et personne n'attend son tour.»

Soudain, une sonnerie retentit. C'est
l'heure du gros lot! Tous les joueurs
lancent leur argent dans les airs
et tentent de le rattraper.

Tout près de Mathieu, quelques
pigeons observent la scène. Pendant
que les joueurs se ruent sur l'argent
qui voltige, les pigeons ouvrent
une trappe et s'engouffrent
dans un escalier souterrain.
Curieux, Mathieu
décide de
les suivre.

L'escalier mène à un sous-sol obscur, éclairé par la seule lueur des flammes d'une énorme fournaise. Mathieu met son masque de Monopoly secret et allume sa lampe de poche.

Il aperçoit des milliers de pièces de monnaie qui roulent le long d'une rampe.

À l'aide de pelles, une marmotte et une taupe entassent ces pièces dans des brouettes. Ensuite, une équipe de ratons laveurs transporte les brouettes pleines de sous dans un couloir souterrain.

Mathieu voit les pigeons imiter les ratons et il décide, lui aussi, de remplir une brouette.

En passant près de la taupe, il murmure:

«Ne le dis à personne, mais je suis déguisé.»

«Je sais, je sais, répond la taupe. C'est ce que vous dites toujours, vous, les ratons. Allez, circulez!»

Les ratons laveurs, suivis des pigeons, poussent leurs brouettes jusqu'à la cour centrale de la banque. Mathieu les voit enterrer les pièces de monnaie dans des trous creusés autour des arbres. Mathieu examine le feuillage de ces arbres et s'aperçoit qu'il s'agit de billets de banque!

Une fois leurs brouettes vides et les sous enterrés, les ratons retournent à l'intérieur de la banque. Les pigeons, eux, en profitent pour arracher les feuilles des arbres et les cacher sous leurs ailes.

Mathieu en a assez vu! Il se met à crier: «Voleurs de banque, vous finirez en prison!»

Aussitôt, l'alarme se déclenche et les sirènes rugissent. Des projecteurs s'allument et les pigeons voleurs restent cloués sur place.

L'hélicoptère de la police lance un filet et attrape tous les pigeons.

«Excellent travail, Mathieu! crie le pilote de l'hélicoptère. Tu as sauvé la banque de la faillite.»

Mathieu est très fier, mais il doit aller rejoindre Fargo, son partenaire de Monopoly. Le pilote hisse Mathieu à bord de l'hélicoptère et le dépose à la banque. Mathieu atterrit juste sur la case «Jappement gratuit». Ceci sonne la fin de la partie et tout le monde se met à japper.

«Bien joué, partenaire, dit Fargo. La victoire est à nous! J'ai des tonnes d'argent et je parie que tu en as autant!»

Mathieu ouvre son sac pour montrer ce qu'il contient. Il est vide!

«J'ai lancé tout mon argent dans les airs, explique Mathieu. Puis j'ai suivi les pigeons et je n'ai rien pu ramasser.»

À peine Mathieu a-t-il fini de parler qu'un raton laveur surgit, traînant un gros sac de toile.

«Voici ta récompense pour l'arrestation des pigeons voleurs de banque», annonce-t-il à Mathieu.

«Par la barbe de mes ancêtres! s'exclame Fargo en découvrant ce que contient le sac. C'est la nouvelle maxi-monnaie de la banque!»

La maxi-monnaie vaut son pesant d'or. Mathieu et Fargo se rendent vite compte qu'ils ont gagné tout un magot. Ils se partagent l'argent et Mathieu se hâte d'aller déposer sa part à la banque.

«J'aimerais régler les factures de ma mère», dit Mathieu à la caissière en laissant tomber son sac sur le comptoir.

La caissière prend le sac et compte l'argent. Puis elle estampille le mot «PAYÉ» sur un petit coupon qu'elle remet à Mathieu avec sa monnaie.

Mais voilà, c'est maintenant l'heure de rentrer à la maison. Fargo ramène Mathieu chez lui. En s'éloignant, il lui crie: «Tu es vraiment le meilleur des partenaires. Reviens jouer avec moi quand tu voudras.»

«Avec plaisir», dit Mathieu en le saluant de la main.

Mathieu rentre à la maison, retourne dans son lit et s'endort rapidement.

Dès son réveil, Mathieu court annoncer la bonne nouvelle à sa mère: «Nous sommes riches! Nous sommes riches!»

«Quoi?» demande la maman en ouvrant un oeil.

«J'ai gagné plein d'argent! crie Mathieu. Et comme tu es la meilleure maman du monde, tu peux prendre tout ce que tu veux. Seulement, j'aimerais garder quelques dollars pour acheter des bonbons!»

Mathieu raconte alors à sa maman, un peu hébétée, l'aventure de la partie de Monopoly à la banque. Puis il lui remet le billet où est écrit «PAYÉ».

«Tu peux être aussi riche que moi, dit Mathieu. Mais d'abord, il te faut un buisson d'argent.»

«Ce qu'il me faut pour commencer, c'est une bonne tasse de café», déclare la maman, abasourdie.

Mathieu l'entraîne dehors et lui fait choisir un arbuste en lui donnant un sou à semer. Car il connaît sa maman: une fois qu'elle aura son café entre les mains, on ne sait pas ce qu'elle décidera de faire.

«Je vais tout t'expliquer en déjeunant, lui dit Mathieu. Et pendant que nous mangerons...

... tu pourras t'exercer à japper.»

LE PAPA DE DAVID

Cette journée-là, en revenant
de l'école, Julie aperçoit un gros
camion de déménagement. Un
homme en sort transportant une
cuillère aussi grosse qu'une pelle.
Un autre homme en sort transportant
une fourchette aussi grosse qu'une
fourche. Un troisième homme en
sort transportant un couteau aussi
gros qu'un poteau de clôture.
«Mince, dit Julie, je n'aimerais pas
rencontrer ces gens-là.»

Elle rentre à la maison en courant
et se cache sous son lit jusqu'au
moment de manger.

Le lendemain, en revenant de
l'école, Julie aperçoit un garçon à
l'endroit où elle a vu le gros camion
de déménagement. «Salut!» dit-il.
«Mon nom est David. Est-ce que tu
veux jouer avec moi?» Julie le
regarde attentivement, il semble
tout à fait normal. Elle décide donc
de jouer avec lui.

Vers dix-sept heures, quelqu'un crie de l'autre bout de la rue: «Julie, c'est l'heure de manger.» «C'est ma mère» dit Julie. Tout à coup, quelqu'un hurle: «DAVID!!!» «C'est mon père» dit David. Julie saute dans les airs, fait trois tours sur elle-même, court à la maison et se barricade dans sa chambre jusqu'au petit déjeuner du lendemain.

Le lendemain, en retournant chez elle, Julie aperçoit de nouveau David. «Salut, Julie!» lui dit-il. «Est-ce que tu veux jouer avec moi?» Julie le regarde très, très attentivement. Il semble tout à fait normal. Elle décide donc de jouer avec lui. Lorsque dix-sept heures approchent, David demande: «S'il te plaît, reste avec nous pour manger.» Mais Julie se rappelle le gros couteau, la grosse fourchette et la grosse cuillère. «Bien... je ne sais pas» répond Julie. «Ce n'est peut-être pas une très bonne idée... Je crois que non... Je crois que je vais rentrer à la maison...»

«Tant pis!» dit David. «Nous avons
des hamburgers au fromage,
du lait fouetté au chocolat et de
la salade.» «Ho!» s'exclame Julie.
«J'adore les hamburgers au
fromage. Je crois que je vais rester.»

Ils entrent dans la cuisine. Il y a
une petite table sur laquelle sont
posés des hamburgers au fromage,
du lait fouetté au chocolat et de
la salade. Mais de l'autre côté de
la pièce, il y a une énorme table
sur laquelle se trouvent: une
cuillère aussi grosse qu'une pelle,
une fourchette aussi grosse qu'une
fourche et un couteau aussi gros
qu'un poteau de clôture. «David,
murmure Julie, qui s'assoit à cette
table?» «C'est la place de mon père»
répond David. «Écoute! il arrive...»

Et Julie entend: BOUM, BOUM,
BOUM.

Quelqu'un ouvre la porte... C'est
le papa de David, c'est un géant,
et sur la table, il y a: 26 escargots,
3 pieuvres frites et 16 briques
recouvertes de chocolat.

David et Julie mangent leurs
hamburgers au fromage et le papa
ses escargots. David et Julie boivent
leurs laits fouettés et le papa
mange ses pieuvres frites. David
et Julie mangent leurs salades
et le papa ses briques recouvertes
de chocolat.

Le papa de David demande à
Julie si elle veut un escargot. «Non»
lui répond Julie. Le papa de David
demande à Julie si elle veut une
pieuvre. «Non» lui répond Julie. Le
papa de David demande à Julie si
elle veut une délicieuse brique
recouverte de chocolat. «Non» lui
répond Julie. «Mais, s'il vous plaît,
puis-je avoir un autre lait fouetté?»
Et le papa de David lui prépare
un autre lait fouetté.

Lorsque le repas est terminé,
Julie dit tout doucement à David,
afin que son papa n'entende
pas: «David, tu ne ressembles pas
beaucoup à ton père.» «C'est
parce que je suis adopté» répond
David. «Ho!» s'exclame Julie. «Est-ce
que tu aimes ton papa?» «Il est
fantastique» répond David. «Viens
faire une promenade avec nous,
tu verras bien.»

Julie et David descendent la rue en
gambadant et le papa en faisant:
BOUM, BOUM, BOUM.

Mais lorsqu'ils arrivent au coin de
la rue, impossible de traverser. Les
autos ne veulent pas s'arrêter pour
David. Les autos ne veulent pas
s'arrêter pour Julie non plus. Le
papa de David s'avance au milieu
de la rue, regarde les autos et crie:
«ARRÊTEZ!»

Les autos volent dans les airs, font
trois tours sur elles-mêmes et
repartent tellement vite qu'elles en
oublient leurs pneus.

Julie et David traversent la rue
et entrent dans un magasin.
Le monsieur derrière le comptoir
n'aime pas servir les enfants.
Ils attendent... 5 minutes...
10 minutes... 15 minutes. Le papa
de David entre dans le magasin,
regarde le monsieur derrière le
comptoir et dit: «CES ENFANTS SONT
MES AMIS!» Le monsieur saute
dans les airs, fait trois fois le tour
du magasin et donne à Julie et
David 3 boîtes de crème glacée,
11 sacs de chips et 14 rouleaux de
bonbons... tout ça gratuitement.
Julie et David continuent leur
promenade et arrivent au coin
d'une rue.

Six grands enfants de sixième
année se tiennent au beau milieu
du trottoir. Ils regardent David; ils
regardent Julie; et ils regardent
toutes leurs friandises. L'un d'eux
s'approche et agrippe une boîte de
crème glacée. Le papa de David
arrive au coin de la rue, regarde
les six grands enfants et crie:
«LAISSEZ-LES TRANQUILLES.»

Les six enfants sautent dans les
airs, perdent leurs chemises et
leurs pantalons et s'enfuient en
sous-vêtements. Julie tente de les
rattraper, mais glisse et se blesse
au coude.

Le papa de David prend Julie dans
sa main et enveloppe son coude
dans un énorme bandage.

«Ton papa est très gentil» dit Julie
à David. «Mais il me fait toujours un
peu peur.»

«Tu crois qu'il fait peur...?» répond
David. «Attends que je te présente
ma grand-maman.»

LE MÉTRO

La maman de Jonathan sort pour
acheter un paquet de spaghettis.
«Jonathan, dit-elle, s'il te plaît,
surtout ne fais pas de dégât.» Et
elle quitte la maison.

Jonathan est debout au milieu de
la pièce. Et il regarde le beau tapis
tout propre, les beaux murs tout
propres et le très, très beau canapé
tout propre. «Il n'y a certainement
pas de dégât ici» dit-il.

Soudain, il entend un bruit. Cela
vient de derrière le mur. Il colle son
oreille contre le mur et écoute
attentivement.

Le bruit ressemble à celui d'un train.
Tout à coup, le mur s'ouvre, et un
wagon de métro apparaît, puis il
s'arrête. Quelqu'un crie: «DERNIER
ARRÊT! TOUT LE MONDE DESCEND!»
Plein de gens sortent du mur de la
maison de Jonathan, des petits,
des plus grands, des maigres et des
plus gros. Ils font le tour de la pièce
et sortent par la porte avant.

Jonathan est toujours au milieu
du salon. Il regarde autour de lui.
Il y a des graffiti sur les murs, de
la gomme sur le tapis, un homme
couché sur le canapé et toute la
nourriture a disparu du réfrigérateur.
«Ciel! dit Jonathan, ça, c'est
sûrement du dégât.» Jonathan
essaie de tirer l'homme jusqu'à la
porte, mais il croise sa mère qui
rentre. Elle aperçoit les graffiti
sur les murs, la gomme sur le tapis
et le réfrigérateur vide. «Jonathan,
quel dégât!» s'écrie-t-elle.

«Le mur s'est ouvert, répond
Jonathan. Puis un wagon de métro
est arrivé et des milliers de gens
en sont sortis.» «Ho! Jo, ne sois pas
stupide, dit la maman. Et nettoie-
moi tout ce dégât.»

Elle sort de nouveau pour acheter
un autre paquet de spaghettis
et Jonathan commence à nettoyer.
Lorsque tout est terminé, il entend
un bruit. Ça vient de derrière le mur.
Il colle son oreille contre le mur et
écoute attentivement. Cela ressemble
au bruit d'un train. Tout à coup, le
mur s'ouvre et un wagon de métro
apparaît. Quelqu'un crie: «DERNIER
ARRÊT! TOUT LE MONDE DESCEND!»
Plein de gens sortent du wagon, font
le tour de la pièce et sortent par la
porte avant.

Cette fois-ci, il y a de la crème
glacée et de la gomme sur le tapis,
des graffiti et des empreintes de
pieds sur les murs, deux hommes
couchés sur le canapé et un policier
qui regarde la télé. De plus, le
réfrigérateur a disparu. Jonathan se
fâche et hurle: «Tout le monde
dehors!»

Sa mère entre dans la pièce. Elle aperçoit la crème glacée et la gomme sur le tapis, les graffiti et les empreintes de pieds sur le mur, les deux hommes couchés sur le canapé, le policier qui regarde la télé et un grand espace vide à la place du réfrigérateur.

«Jonathan, dit-elle, qu'est-ce que tu as fait?»

Tout à coup, elle entend un bruit. Ça vient de derrière le mur. Elle colle son oreille contre le mur et écoute attentivement. Le bruit ressemble à celui d'un train. Au même moment, le mur s'ouvre et un wagon de métro apparaît. Quelqu'un crie: «DERNIER ARRÊT! TOUT LE MONDE DESCEND!» Plein de gens sortent du wagon, font le tour de l'appartement et sortent par la porte avant.

Il y a de la crème glacée, de la gomme et des sacs de bretzels sur le tapis, des graffiti, des empreintes de pieds et des marques de doigts sur les murs, et cinq hommes couchés sur le canapé. Il y a aussi un policier et un conducteur qui regardent la télé. Et cette fois-ci, le réfrigérateur et la cuisinière ont disparu.

Jonathan regarde le conducteur et lui dit: «Ici, ce n'est pas une station de métro, c'est ma maison!»
«Si le métro s'arrête ici, répond le conducteur, c'est que c'est bel et bien une station de métro! Vous n'auriez pas dû construire votre maison dans une station de métro. Si vous n'êtes pas content, allez à l'hôtel de ville.»

Alors, Jonathan se rend à l'hôtel de ville.

À son arrivée, la réceptionniste lui dit d'aller voir le directeur du métro. Et celui-ci lui dit d'aller voir le maire.

Alors, Jonathan se rend voir le maire. «Si le train s'arrête à cet endroit, lui dit le maire, c'est que c'est bel et bien une station de métro! Vous n'auriez pas dû construire votre maison dans une station de métro. Notre ordinateur nous dit que c'est une station de métro et notre ordinateur ne se trompe jamais.» Puis le maire sort pour aller manger.

En fait, tout le monde sort pour aller
manger et Jonathan se retrouve
tout seul dans l'hôtel de ville.
Comme il se dirige vers la sortie,
il entend un drôle de bruit.

Quelqu'un se plaint: «HOOOOOO,
j'ai faim.» Jonathan écoute
attentivement. Il jette un coup
d'oeil à toutes les portes du corridor
et trouve la pièce d'où provient le
bruit. Il entre et aperçoit un énorme
ordinateur qui brille de partout.
L'ordinateur fait «Win, win, ker-klun,
cliquetis-clang» et des lumières
clignotent tout autour. La voix vient
de derrière l'énorme machine.

Jonathan se faufile derrière la machine. Et il aperçoit un vieux monsieur assis derrière un bureau tout en désordre. «Avez-vous de la confiture de mûres?» dit-il à Jonathan en le regardant. «Non, répond Jonathan, mais je peux en trouver. Mais qui êtes-vous donc?» «Je suis l'ordinateur, répond le monsieur.»

Jonathan n'est pas stupide. «Les ordinateurs sont des machines, dit-il, et vous n'êtes pas une machine. Ils font "Win, win, ker-klun, cliquetis-clang".» Le monsieur lui montre l'ordinateur et dit: «Cette chose fait "Win, win, ker-klun, cliquetis-clang", mais elle ne fonctionne jamais. Et c'est moi qui fais le travail pour toute la ville.» «Ho! répond Jonathan, si vous me rendez un petit service, je vais aller vous chercher de la confiture de mûres. Voilà, il y a une station de métro dans ma maison au 980, rue des Hirondelles. S'il vous plaît, changez la station d'endroit!» «Certainement, répond le monsieur, je me souviens de l'avoir placée là, je ne savais pas où la mettre.»

Jonathan sort et passe devant
tous les bureaux déserts. Il descend
l'escalier et se rend au magasin de
confiture. Il achète quatre caisses
de confiture. Et il prend trois heures
pour les ramener à l'hôtel de ville.
Celui-ci est toujours désert. Il
transporte toutes les caisses derrière
l'ordinateur et les pose sur le
plancher.

«Maintenant, dit le vieux monsieur,
où vais-je placer cette station de
métro?» «Moi je sais, répond
Jonathan.» Et il murmure quelque
chose à l'oreille du monsieur.
Comme il s'apprête à partir, le
monsieur lui crie: «Ne dis à personne
que l'ordinateur est brisé. Le maire
serait très fâché. Cette machine
lui a coûté dix millions de dollars.»

Ce jour-là, en rentrant chez lui,
Jonathan nettoie les graffiti sur le
mur. «Il n'y aura plus de wagons
de métro ici, dit-il à sa mère.»

Et Jonathan a bien raison
de dire ça...

OÙ ES-TU, CATHERINE?

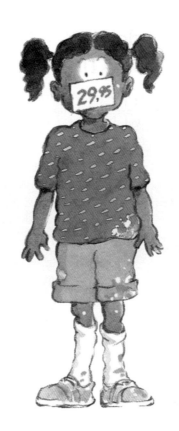

Catherine fait des courses avec
son père, son frère et sa soeur.
Elle pousse le chariot à provisions...
elle monte une allée, en descend
une autre; monte une allée,
en descend une autre; monte...
descend...

«Certains jours, mon père n'achète
rien de bon, dit Catherine. Il achète
du pain, des oeufs, du lait, du
fromage, des épinards, mais jamais
rien de vraiment bon! Il n'achète
pas de CRÈME GLACÉE! de BISCUITS!
de TABLETTES DE CHOCOLAT!
ni de BOISSONS
GAZEUSES!»

Sans bruit, Catherine s'éloigne
de son père et s'empare d'un autre
chariot. Elle le pousse jusqu'au
rayon de la crème glacée et y
empile 100 boîtes de crème glacée.

Elle pousse ensuite son chariot
jusqu'à son père et lui dit: «PAPA,
REGARDE!» Son père se retourne
et s'écrie: «OUACHE!» «ÇA, PAPA,
C'EST DE LA BONNE NOURRITURE!»
dit Catherine.

«Oh! non, répond son père. Ça, c'est
des sucreries. Ça va gâter tes dents
et faire diminuer ton intelligence.
REMETS tout ça en place!»

Catherine replace les 100 boîtes
de crème glacée sur les tablettes.
Elle a bien l'intention de rejoindre
son père... Mais en chemin, elle
passe devant le rayon des bonbons.
Et elle empile 300 tablettes de
chocolat dans son chariot.

Catherine pousse son chariot jusqu'à
son père et dit: «PAPA, REGARDE!»

Son père se retourne et s'écrie:
«OUACHE!»

«ÇA, PAPA, C'EST DE LA BONNE
NOURRITURE!» dit Catherine.

«Oh! non, répond son père.
Ça, c'est des sucreries. REMETS
tout ça en place.» Alors, Catherine
replace toutes les tablettes de
chocolat. «O.K. Catherine! Ça suffit
maintenant, lui dit son papa.
Tu restes ici et tu NE BOUGES PLUS.»

Catherine sait qu'elle a de GRAVES
ennuis. Alors, elle reste sur place
et NE BOUGE PAS d'un poil.Quelques
amis passent devant elle et lui disent
bonjour. Catherine ne bouge pas.
Un homme lui écrase le gros orteil
avec son chariot. Catherine ne bouge
toujours pas.

Une dame qui travaille au magasin
s'approche et regarde attentivement
Catherine. Elle l'examine de haut en
bas, puis de bas en haut. Elle cogne
sur la tête de Catherine — celle-ci ne
bouge toujours pas.

La dame dit alors: «C'est la plus jolie poupée que j'ai jamais vue. Elle a l'air d'une vraie petite fille.» Elle colle sur le nez de Catherine une étiquette où c'est écrit: 29,95 $. Puis elle la pose sur l'étagère avec les autres poupées.

Un monsieur s'approche et regarde Catherine. «C'est la plus jolie poupée que j'ai jamais vue, dit-il. Je vais l'acheter pour mon petit garçon.»

Et il attrape Catherine par les cheveux. «ARRÊTEZ,» s'écrie Catherine.

«YAAAA! MAIS ELLE EST VIVANTE!» s'écrie le monsieur. Il s'enfuit en courant dans l'allée et renverse une pyramide de 500 pommes.

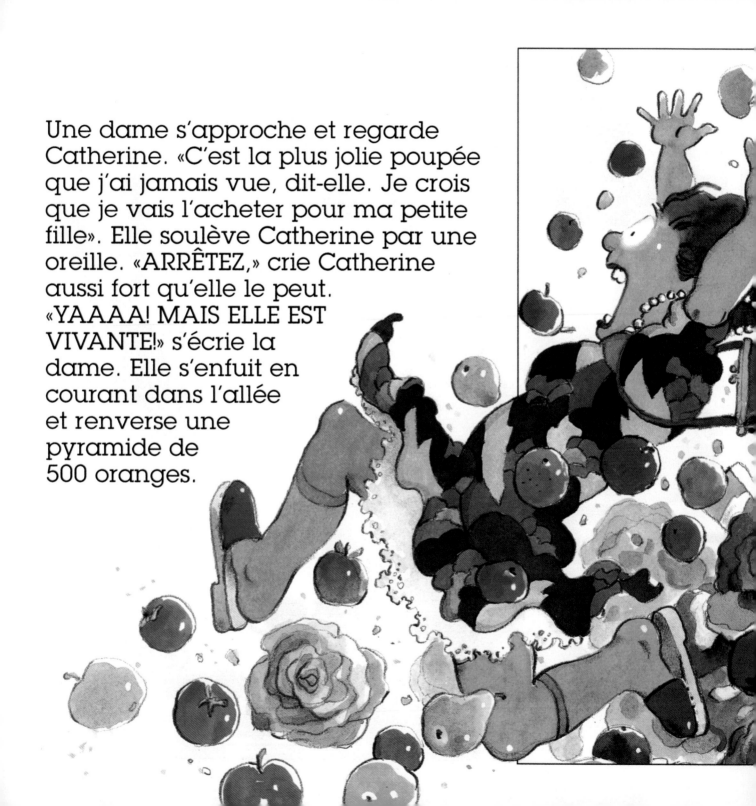

Une dame s'approche et regarde Catherine. «C'est la plus jolie poupée que j'ai jamais vue, dit-elle. Je crois que je vais l'acheter pour ma petite fille». Elle soulève Catherine par une oreille. «ARRÊTEZ,» crie Catherine aussi fort qu'elle le peut. «YAAAA! MAIS ELLE EST VIVANTE!» s'écrie la dame. Elle s'enfuit en courant dans l'allée et renverse une pyramide de 500 oranges.

Le papa de Catherine parcourt tout
le magasin en appelant: «Catherine?
Catherine? Catherine? Où es-tu?...
CATHERINE! Mais qu'est-ce que tu fais
sur cette étagère?» «C'est de ta faute,
répond Catherine. Tu m'as dit de
ne plus bouger et des gens essaient
de m'acheter, WÂÂÂÂÂHHHHH!»

«Mais voyons, répond son père. Tu
sais bien que je ne laisserai jamais
personne t'acheter.» Il donne un
gros baiser à Catherine et il lui fait
une grosse caresse. Puis il se rend
à la caisse pour payer tout ce qu'il
a acheté.

Le caissier regarde Catherine et dit:
«Hé, monsieur! Vous ne pouvez pas
sortir avec cette enfant. Vous devez
la payer. C'est écrit là, sur son nez:
29,95 $.»

«Un instant, répond le papa de
Catherine. C'est ma petite fille, je
n'ai pas à payer ma propre petite
fille.»

«Elle a une étiquette sur le nez, dit le
monsieur, vous devez donc payer.»

«Je ne paierai pas», répond le papa.
«Vous devez payer», dit le monsieur.

«NNNOOOONNN!», répond le papa.
«OOOUUUIII!», dit le monsieur.
«NNNOOOONNN!», crie le papa.
«OOOUUUIII!», crie le monsieur.

«NNNOOOONNN!», crient tous
ensemble le papa, André et Julie.

«Papa?, dit doucement Catherine.
Tu ne crois pas que je vaux au
moins 29,95 $?»

«Ah!... Hum!... Je veux dire... Bien
sûr que tu vaux au moins 29,95 $,
répond le papa.» Il prend son porte-
monnaie, en sort l'argent, paie
le monsieur et enlève l'étiquette du
nez de Catherine. Catherine lui
donne un gros baiser: «SMMMAAAC»;
et lui fait une grosse caresse:
«MMMMMMMMM.» «Papa, dit
Catherine, après tout tu as
finalement acheté quelque chose
de très, très bon.»

Le papa prend Catherine dans ses
bras et lui fait une grosse, grosse
caresse.

LES GRENOUILLES

Camille adore les grenouilles. Elle aime aussi les pingouins, les tamanoirs et les hippopotames, mais c'est surtout les grenouilles qu'elle adore. De plus, il y en a plein dans l'étang derrière chez elle. Les hippopotames, eux, n'y viennent que très rarement.

Camille et sa petite soeur Gabrielle collectionnent les grenouilles. Elles les amènent à la maison et leur construisent de vrais châteaux tout entourés d'eau. Les grenouilles s'amusent et se régalent des mouches que leur offrent les deux soeurs.

À la fin de la journée, Camille et Gabrielle libèrent les grenouilles. Mais quelquefois, les filles ont la permission d'en garder une pour la nuit. Camille et Gabrielle, les chanceuses, ont une maman qui tolère les grenouilles dans la maison.

Un soir, la maman de Camille et
de Gabrielle vient les embrasser et
leur souhaiter une bonne nuit.

«Caresser grenouille, maman,
caresser grenouille» dit alors
Gabrielle.

«D'accord, répond sa maman, tu
peux la caresser, mais seulement
une minute.»

Gabrielle prend la grenouille et
la caresse gentiment. Camille la
caresse aussi et lui donne un gros
baiser juste sur le dessus de la tête...

Ouusshh! Poouuff! La chambre se remplit de fumée. Lorsque la fumée se dissipe, un prince apparaît au beau milieu de la pièce. La maman de Camille et de Gabrielle n'en croit pas ses yeux.

Gabrielle dit: «Grosse grenouille, partie.»

Camille a déjà vu une chose semblable, elle l'a vue dans un conte que sa maman lui a lu un soir avant de s'endormir. Elle n'y avait pas tout à fait cru. Mais là, pas de doute possible, il y a un vrai prince qui se tient au beau milieu de sa chambre.

La maman se précipite au téléphone. Elle appelle ses amis, les voisins, les policiers et la station de pompiers.

«Prince, prince» répète Gabrielle.

Camille, elle, voudrait bien savoir comment retrouver sa grenouille.

Des gens arrivent aussitôt de partout pour voir le prince. Des journalistes de la radio et de la télévision demandent à la maman de Camille et de Gabrielle de leur raconter encore et encore son histoire de princes et de grenouilles.

Gabrielle donne aussi sa version des faits: «Gros, gros prince.»

Tout le monde veut voir l'étang d'où vient le prince. Quand Camille, Gabrielle et leur maman arrivent près de l'étang, il y a tellement de gens qu'il est difficile d'apercevoir l'eau. Le maire est là en compagnie des plombiers, des fabricants de pizzas, des artistes, des ingénieurs, des fermiers, des professeurs, des camionneurs, des savants et des producteurs de cinéma.

Bientôt, chacun attrape une grenouille et l'embrasse. Des princes surgissent de partout. Camille et Gabrielle s'emparent de six grenouilles et courent à la maison les mettre à l'abri.

Le lendemain, la ville est pleine de princes. Il y en a dans les automobiles et dans les magasins. Les gens doivent demeurer debout dans l'autobus, car les princes occupent tous les sièges. Les restaurants sont remplis de princes qui commandent des fromages puants et des plats de mouches.

Très vite, les princes deviennent encombrants. Ils se portent au secours des demoiselles en détresse, même si elles ne le sont pas. Ils insistent pour aider les gens à traverser la rue, même s'ils ne veulent pas traverser la rue. Et encore pire, ils disent aux gens quoi faire, même si ceux-ci savent très bien ce qu'ils ont à faire.

Pendant ce temps, Camille a remarqué que les princes ont parfois un comportement bizarre. En effet, lorsqu'ils croient être seuls, les princes se mettent à sauter et à attraper des mouches avec leur longue langue.

Camille et Gabrielle s'aperçoivent que, très souvent, les princes se rassemblent derrière la maison, tout près de l'étang. Ils regardent longuement les quenouilles et ils sautent quelquefois dans l'eau pour y plonger jusqu'au cou.

«Je crois qu'ils aimeraient bien redevenir des grenouilles» dit Camille.

«Grenouilles, toutes disparues» répond Gabrielle.

Camille a une idée. Elle court à la maison avec sa soeur, attrape les grenouilles qu'elles avaient sauvées et retourne à l'étang. Vingt princes se précipitent vers les grenouilles.

«Qu'elle est belle!» murmure un prince et il embrasse une des grenouilles juste sur le dessus de la tête...

Poouuff! Ça fonctionne. Un à un, les princes se mettent à ramasser les grenouilles et à les embrasser.

Un à un, les princes redeviennent des grenouilles et sautent dans l'eau. Bientôt les nénuphars de l'étang sont pleins de grenouilles. Camille et Gabrielle retournent à la maison.

«Où sont les princes?» demande leur maman lorsqu'elles entrent.

«Ils sont redevenus des grenouilles» répond Camille. Et sa maman se précipite de nouveau au téléphone.

Quelques années plus tard, Camille a trouvé un hippopotame près de l'étang. Elle a supplié sa maman et a pu le garder quelques semaines...

... mais jamais, au grand jamais, Camille ne l'a embrassé.

TABLE DES MATIÈRES

Cet album contient ces 12 drôles d'histoires :